AF454397

VENTE

D'OBJETS D'ART

& DE CURIOSITÉ

PORCELAINES DE CHINE, DU JAPON, DE SÈVRES, DE SAXE, FAIENCES FRANÇAISES
HOLLANDAISES ET ITALIENNES, GRÈS FLAMANDS, VERRERIE DE VENISE

BELLE LAMPE ARABE EN VERRE ÉMAILLÉ

Antiquités Grecques, Romaines, Égyptiennes

ARMES ANCIENNES

Tableaux anciens — Livres — Gravures

Histoire des Peintres de toutes les Écoles, par CH. BLANC. 14 vol. reliés

MEUBLES ANCIENS

TAPISSERIES, ÉTOFFES, TENTURES

Provenant de l'atelier de **M. N. BERCHÈRE**

HOTEL DROUOT, SALLE N° 8

Le Vendredi 10 Avril 1885

A 2 heures précises

Me HENRI LECHAT	M. JULES CHAINE
COMMISSAIRE-PRISEUR	EXPERT
6, r. Baudin, square Montholon	5, rue de la Paix

CHEZ LESQUELS ON DÉLIVRE LE CATALOGUE

EXPOSITION PUBLIQUE AVANT LA VENTE

De midi à 2 heures.

MENS AGITAT MOLEM

CONDITIONS DE LA VENTE

La vente sera faite au comptant.

Les acquéreurs payeront cinq pour cent en sus des enchères applicables aux frais.

Paris. — Imp. ALCAN-LEVY, 61 rue Lafayette.

DÉSIGNATION

PORCELAINES

1 — Potiche en porcelaine du Japon.
2 — Bol en ancienne porcelaine de Chine.
3 — Grand bol et son plateau en porcelaine de Chine.
4 — Vase en porcelaine du Japon, décor bleu.
5 — Grand plat en porcelaine du Japon.
6 — Sucrier en porcelaine de Sèvres, blanc et or.
7 — Sucrier avec plateau en porcelaine de Sèvres décoré de bouquets de roses sur fond blanc et or ; pâte tendre.
8 — Petite bouteille en porcelaine du Japon, le col est entouré d'un dragon.
9 — Vase à col évasé ; Japon.
10 — Deux assiettes porcelaine de l'Inde.
11 — Assiettes en porcelaine de Saxe.

12 — Pot à crème en porcelaine de Saxe.

13 — Théière en porcelaine de Sèvres, décorée de fleurs; époque de Louis XVI.

14 — Petit plat en porcelaine du Japon, à décor bleu et or.

15 — Deux assiettes en porcelaine du Japon, décorées d'armoiries rouge et or.

16 — Petit vase en porcelaine de Chine.

17 — Deux grands vases en porcelaine de Chine, décorés de fleurs et d'attributs en or sur fond bleu.

18 — Assiette creuse en porcelaine de Saxe.

19 — Plats du Japon, décor bleu et or.

20 — Un autre plus petit.

21 — Assiette en porcelaine de Clignancourt, décorée de myosotis sur fond blanc et or.

22 — Cornet en porcelaine de Chine, décoré de roseaux et de feuillages.

23 — Deux plateaux en céladon vert-gris uni.

FAÏENCES DIVERSES

24 — Plat rond en ancienne faïence de Rouen; décor polychrome, dit à la corne.

25 — Un autre de forme longue, même faïence.

26 — Bouteille en faïence de Delft.

27 — Deux lions assis, en faïence de Nevers.

28 — Vase à long col en faïence de Delft.

29 — Vase en faïence de Delft.

30 — Deux cornets en ancienne faïence italienne, décorés au centre de figures de saintes.

31 — Pot en faïence avec couvercle en étain.

32 — Plat creux en faïence de Savone.

33 — Quatre plaques en faïence de Delft.

34 — Deux autres avec figures de saints.

35 — Ravier en faïence italienne.

36 — Plat à surmoulage de poissons et de végétaux, attribué à Avisseau de Tours.

37 — Plat en faïence italienne, au centre un sujet représentant Diane surprise au bain par Actéon.

38 — Plat en faïence italienne avec portrait au centre et une légende portant le nom de MARGARITA.

39 — Plat en faïence italienne, au centre un Amour.

40-41-42 — Trois plats en ancienne faïence de Rhodes, décorés de palmes et de fleurs, décor polychrome.

43 — Assiette en faïence de Delft; décor polychrome.

44 — Plateau en faïence de Gênes; décor à personnages en camaïeu bleu.

GRÈS — POTERIES

45 — Sous ce numéro, six pots en grès de
Flandre; division.

46 — Sous ce numéro, cruches des femmes du
Nil; gargoulettes, ballas, etc.; division.

ANTIQUITÉS

Grecques, Romaines, Egyptiennes.

47 — Tête de momie égyptienne, provenant des
fouilles de Zacharah.

48 — Bandelettes entourant la momie.

49 — Pied d'enfant à l'état de momie.

50 — Urne romaine, provenant des fouilles faites
à Vezon (Vaucluse).

51 — Plusieurs divinités égyptiennes en bois
sculpté.

52 — Petite statuette en bois de sycomore.

53 — Sous ce numéro, vases, pots, lampes en
terre, provenant des fouilles faites en
Egypte et en Grèce; division.

54 — Sous ce numéro, bronzes et divinités égyptiennes; division.

55 — Sous ce numéro, monnaies, médailles, etc.;
division.

VERRERIE

56 — Belle lampe de mosquée (Turreïïa, lampe
sacrée), en verre, décorée d'émaux,
rehaussée d'ornements dorés et portant
des inscriptions diverses qui aident
encore à la décoration.

57 — Bouteille à anses en verre gravé; Bohême.

58 — Gourde en verre, décorée de médaillons sur
les faces.

59 — Coupe à pied tors; Venise.

60 — Verre à pied et à couvercle, décoré de personnages gravés.

61 — Un autre plus petit.

62 — Verres de Bohême.

63 — Verres de Venise.

64 — Petit carafon en verre de Venise.

65 — Chope en verre de Bohême.

ÉTAINS — CUIVRES

66 — Petite gourde grecque en étain.

67 — Pot à couvercle en étain.

68 — Petit plateau en étain, décoré de sujets tirés de la Bible.

69 — Un autre, représentant le Christ au milieu des apôtres.

70 — Lustre hollandais à six lumières.

71 — Un autre à douze lumières.

72-75 — Quatre plats en cuivre repoussé, époque du xve siècle.

76 — Aiguière arabe et son plateau en cuivre étamé.

77 — Ibrick avec son plateau cuivre poli.

78 — Petite marmite en cuivre.

79 — Mortier et pilon.

80 — Deux flambeaux, époque de Louis XIV.

ARMES

81 — Petit fusil Maronite avec incrustations de cuivre argenté.

82 — Grand fusil algérien.

83 — Pistolets arabes.

84 — Yatagan ; la poignée est faite d'une dent d'hippopotame ; lame de Damas.

85-88 — Plusieurs yatagans et sabres de l'Orient ; division.

89 — Poignard de Nubie.

90 — Couteaux divers.

91 — Petite masse d'armes.

92 — Casque en fer.

93 — Epée à coquille repercée à jour, époque de Louis XIII.

94 — Epée à coquille unie et à quillons droits, époque de Louis XIII.

95 — Une autre à quillons droits et recourbés formant garde, époque de Louis XIII.

96 — Une autre à coquille formée de fleurons et de losanges.

97 — Lot de flèches.

OBJETS DIVERS

98 — Trois boîtes; travail de la Perse.

99 — Deux boudahs en bois sculpté, peint et doré.

100 — Deux petits bas-reliefs en albâtre.

101 — Petit brûle-parfum en bronze du Japon.

102 — Mandoline.

103 — Une autre, arabe.

104 — Tambourins en nacre appliquée.

105 — Narguillé.

106 — Cadre en bois sculpté Louis XIV.

107 — Un autre travail italien.

108 — Glace de Venise dans un cadre décoré d'ornements en cuivre repoussé.

109 — Coffret avec fermetures en fer.

110 — Un autre plus petit.

111 — Caouclouc (porte-turban), en bois sculpté peint et doré.

112 — Deux drapeaux de cérémonies religieuses.

113 — Triptyque en bronze émaillé, travail russe.

114 — Pieds en fer forgé.

115 — Petit bas-relief en marbre, représentant Marguerite de Vaudemont, duchesse de Joyeuse.

117 — Cadre Louis XVI en bois sculpté et doré.

118 — Piton en bois sculpté, travail chinois.

119 — Six tasses en porcelaine de Chine, bleu de Perse et or, avec six zarf et une cafetière arabe.

120 — Pot à vin en bois de pin en usage en Arcadie.

121 — Gourde en bois ; Grèce.

122 — Lot de pipes orientales.

123 — Pupitre de mosquée.

124 — Sanglier en marbre serpentin.

TABLEAUX ANCIENS

125 — Both, Jan ; paysage.

126 — Ecole du Guide ; David vainqueur de Goliath.

127 — Ecole Hollandaise ; rue de village.

128 — Ecole Flamande; paysage.
129 — Ecole Hollandaise; portrait de femme.
130 — Huysmans (Cornélis); paysage.
131 — Joannes Zich; une ferme.
132 — Bergen (Dirk van); animaux.
133 — Inconnu; portrait d'homme.
134 —   id.   scène au Moyen-Age.
135 — Ecole Française; petit portrait d'homme,
           époque de Louis XIV.
136 — Ecole Florentine; tête d'homme; Vente
           Saint-Victor.
137 — Ecole Allemande; portrait de femme.

TERRES-CUITES

138. — La moisson, par A. Halou.
139 — La vendange, id. A. Halou.

TAPISSERIES

Etoffes

140 — Tapisserie des Gobelins avec bordures;
           sujet tiré de l'histoire d'Alexandre le
           Grand.
141 — Fragment de tapisserie italienne.

142 — Tapisserie renaissance, représentant les accordailles de Gombault et de Macée, scène villageoise Rabelaisienne.

143 — Fragment de tapisserie.

144 — Portières de Syrie.

145 — Grand tapis de Smyrne.

146 — Tapis persans.

147 — Tapis divers.

148 — Sous ce numéro : les Étoffes, les Broderies orientales.

CARTONS ET LIVRES

149 — Sous ce numéro : lithographies d'après Delacroix, Bida, Flandrin, Marilhat, Raffet (Voyage en Crimée), Decamps, Corot, Jacques Diaz. — Sera divisé.

150 — Sous ce numéro : les Eaux-fortes par Pasini, Ch.-Jacques.

151 — Les dessins originaux, d'après les grands maîtres, gravés en fac-simile par A. Leroy.

151 — Sujets rustiques de Ch. Jacques, gravés par A. Lavieille.

152 — Cinq gravures en couleurs d'après J.-B. Huet, gravées par Demarteau (coiffures du XVIIIᵉ siècle).

153 — Gravures anciennes des diverses écoles et époques.

153 *bis* — Vie de Thomas Plater, 1 vol.

154 — La Revue nocturne, lithographie; Raffet.

155 — Journal de ce qui s'est passé au siège d'Etampes entre l'armée du maréchal de Turenne et celle de Messieurs les Princes, MLDCII.

156 — Vie de Michel-Ange, par Ascanio Condivi, 1746.

157 — Vie des peintres, par Vasari, 5 volumes.

158 — Histoire des peintres de toutes les Ecoles, par Charles Blanc. 14 volumes reliés.

159 — L'art en Alsace-Lorraine, par René Ménard.

160 — Les principales villes de l'univers. 1 vol.

161 — Sous ce numéro : Volumes brochés et reliés. — Sera divisé.

MEUBLES

162 — Grande armoire, dite du Rhin, en noyer, décorée de colonnes torses.

163 — Petit meuble Hollandais en chêne sculpté, époque de Louis XIII.

164 — Petit meuble en noyer sculpté formant crédence.

165 — Petite table, époque de Louis XV, en bois de violette.

166 — Encoignure en palissandre, ouvrant à deux vantaux.

167 — Petit guéridon Louis XVI.

168 — Table en chêne sculpté.

169 — Une autre plus petite.

170 — Deux escabeaux en bois sculpté.

171 — Petite bibliothèque en acajou; époque de Louis XVI.

172 — Fauteuil Louis XIII, recouvert en tapisserie.

173 — Deux tabourets Louis XIII, recouverts en tapisserie.

174 — Chaise époque de Louis XIII, recouverte en cuir et garnie de clous en cuivre.

175 — Petit tabouret algérien, garni de nacre appliquée.

176 — Petite table à tiroirs, garnie de nacre appliquée.

177 — Une horloge dans son coffre en bois.

AGITAT
MENS
MOLEM

www.ingramcontent.com/pod-product-compliance
Lightning Source LLC
LaVergne TN
LVHW021607170726
843501LV00010B/3894